KB218578

문학과지성 시인선 187

아직도
낯선 길가에
서성이다

유진택 시집

문학과지성사

문학과지성 시인선 187

아직도 낯선 길가에 서성이다

초판 1쇄 발행 1996년 9월 5일
재판 1쇄 발행 2019년 7월 12일
재판 2쇄 발행 2020년 2월 14일

지 은 이 유진택
펴 낸 이 이광호
주   간 이근혜
편   집 조은혜 이민희 박선우 김필균
펴 낸 곳 ㈜문학과지성사
등록번호 제1993-000098호
주   소 04034 서울 마포구 잔다리로7길 18(서교동 377-20)
전   화 02)338-7224
팩   스 02)323-4180(편집) 02)338-7221(영업)
전자우편 moonji@moonji.com
홈페이지 www.moonji.com

ⓒ 유진택, 1996, 2019. Printed in Seoul, Korea

ISBN 978-89-320-3554-3 03810

이 도서의 국립중앙도서관 출판예정도서목록(CIP)은 서지정보유통지원시스템 홈페이지
(http://seoji.nl.go.kr)와 국가자료공동목록시스템(http://www.nl.go.kr/kolisnet)에서
이용하실 수 있습니다. (CIP제어번호: CIP2019026052)

문학과지성 시인선 187

아직도 낯선 길가에 서성이다

유진택

시인의 말

또 시집을 묶는 희열을 맛본다.
그동안 내가 잊고 지냈던 모든 사물에
눈길을 돌려야겠다. 이 땅의 식구가
되었다가 사라지는 모든 것들,
작은 산골의 꽃향기 같은 그리움들,
아직까지 뒷산의 부엉이 울어주어 고맙다.
떠날 사람 다 떠나도 너만은 남아
나처럼 먼 옛날을 노래 부르고 있으니

1996년 8월 어느 날 대전에서
유진택

아직도 낯선 길가에 서성이다

차례

시인의 말

洞口   9

잊힌 길   10

샛잠, 고요 속으로   12

대밭에서   13

꽃들도 윙크한다   14

낫에 대하여   15

푸들 강아지에게   16

이사 가는 날   17

저 산 너머에는   19

어둠은 왜 오는가   20

가난이 밟고 간 길   21

번데기   22

안개의 비밀   23

햇살이 나비처럼   25

해초   26

제비집을 부순다   27

잊을 수 없는 사랑 노래   28

공사장 1   29

공사장 2   30

봉숭아 꼬투리 1   31

봉숭아 꼬투리 2   32

봉숭아 꼬투리 3   33

코뚜레   34

그의 외로운 텃밭에는   35

풀씨 하나 흩날릴 때   36

늙은 성자   37

폐가에서   38

유배지 1   39

유배지 2   40

텅 빈 집을 추억한다   41

보리피리   43

유언   44

에라   45

어미새가 떠난 길 1   46

어미새가 떠난 길 2   47

신경안정제   48

탱자나무는 말이 없다   49

늙은 소나무의 노래   50

쇠말뚝   51

새들도 언어로 소식을 전한다   52

치통 1   53

치통 2   54

서울 쪽으로   55

바위   56

오래된 학교에 관한 회상   57

달, 숲에 잠들다   59

모과처럼   60

벌목장, 그 광란의 숲속에서   61

단풍나무 숲으로   62

나무 궤짝의 비밀   63

낙엽에 대하여   65

햇살 하나 물고   66

지혜   67

숲의 절망   68

뻐꾸기시계 속에서   69

안화리 1   70

안화리 2   71

안화리 3   72

안화리 4   73

안화리 5   74

안화리 6   75

안화리 7   76

해설

현대 문명의 위기와 생명의 시 · 오생근   78

알파와 오메가인 당신 앞에
자꾸만 잊혀가는 天上의 아버지 앞에

洞口

나무들이 굵어 있다
마을에는 이미 젊은이들이 없다

잊힌 길

　한때는 무수한 사람들이 오고 가던 소란한 길이었다
　사람들의 발길에 차여 크지 못하던 질경이와
　그 질경이 같은 뚝심으로 일어서는 아침 햇살, 현란한
광채를 꿈꾸며
　길은 뻗어 있었다
　어딘지 모를 먼 미래 쪽으로, 혹시 우리들이 갈 수밖에
없는
　운명의 길인지도 모를 그 시간 속으로
　길은 선명히 뻗어 있었다

　언제부턴가 그 길은 침묵 속에 잠겨 있었다
　무수한 사람들의 소란스럽던 발길은 끊어지고
　대신 크지 못하던 질경이와 그 질경이의 뚝심 같은 햇
살이
　길을 덮고 있었다
　하나둘 포근한 하늘 속으로 들지 못한 넋들이
　그 길가에 서성이며 수런수런 풀들의 흐느낌으로 묻혀
갈 때
　난 알았다, 그 길을 열고 닫는 건 아직도 낯선 길가에

서성이는

    생명의 귀한 넋들이란 것을

샛잠, 고요 속으로

숲속 아지랑이가 증발처럼 밀려오는 황혼
뿌연 논두렁마다
햇살 엉긴 보리밭은 힘이 없었다
아직 알밴 시절도 잊은 채 쭉정이 설움으로
푸른 보리 이랑의 물결을 이루는 봄날
참 감미로웠다
세상은 고요 속으로 빠져들고
농부는 논둑에 누워 잠이 들었다
떨어지는 황혼을 누르며 어둠이 보리 이랑을 밟고 오
는 소리
그 농부의 피곤함을 쓸어가듯
보리꽃이 무성히 바람을 일으켜 흔들었지만
농부는 어둠 깊숙이 묻혀가고만 있었다

대밭에서

늙어 죽어도 너는 원이 없겠다
누군가가 베어 간 자리, 그 자리마다 죽순이 한창이다
아비의 뜻을 따라
새끼가 그 삶을 잇는 나무
대나무의 줏대 있는 삶이 더욱 창창하다
그렇지만 밤이면 달빛에 취해 흐느끼는 나무
간혹 대피리를 불기도 하고
긴 손가락 잎새를 흔들어 문풍지 소리를 내기도 한다
너를 키워 절개의 표상으로 삼는 사람들은
항상 대밭에 와서 본다
거친 비바람과 죽음의 눈발을 무릅쓰고
죽창처럼 하늘을 찌르던 기상
죽순도 너를 많이도 닮아간다
꺾이지 않는 허리폭
띄엄띄엄 돌려감은 뼈마디 사이
딱 부러지는 절개로 움트는 맛을 안다

꽃들도 윙크한다

봄꽃 차분히 피어 산길은 한없이 밝아 보인다
몰려오는 햇살을 나뭇가지에 걸어놓고 바람은 꿈처럼
산을 흔든다
걱정 없어 늙지 않는 봄꽃과
나뭇등걸에 새겨지지 않는 나이테,
모든 것들은 아직도 제자리를 지키고 있다
산길 오르는 사람들은 안개 같은 마음을 나무에 던져
주고 있다
나무는 복에 겨워 흔들거리고
그 아래 그늘에서
윙크하는 꽃들의 얼굴이 계집아이처럼 붉다
수줍어 얼굴 가리고 싶어 하는 꽃들
마음이 통한 산새들이 작은 날갯죽지로
꽃들의 얼굴을 가린다
산이 어둠을 탈 때 날갯죽지를 향해
사람들이 사냥총을 겨누면
산을 찢는 새의 비명이 산속에 가득 찬다

낫에 대하여

항상 내가 가는 길이 보인다
도깨비풀 성성한 상엿집 앞을 지나거나
가시나무 헝클한 돌밭길을 오를 때
문득 낫에 대해 생각한다
독 오른 얼굴로 떠오른 낮달이
설겅 내 가슴을 도려내던
그 옛날의 낫처럼 눈이 부시다
어지럽게 덮인 풀을 헤치며
도깨비풀이나 가시나무 허리를 내리치던
그 옛날의 낫을 잊을 수 없다
그 낫의 폭력에 저항하듯
도깨비풀 뿔 달린 뚝심으로 대들고
침 같은 가시로 온몸을 옭아매던
가시나무 숲속
보인다, 내가 가는 길이 어렴풋이 보인다
그 길 자세히 들여다보면
무엇인가 내 손에 잡힐 것 같은 것들
외로움이나 슬픔마저 쓸고 가는
이 험한 길의 길목에서
독 오른 낫을 들고 가는 내가 보인다

푸들 강아지에게

밤새도록 잠을 자지 않는다, 푸들 강아지
냄새나는 이불 속을 제집처럼 드나들며
가끔씩 주인의 발소리에 귀 기울인다
정말 귀신 같다, 저 동그란 눈의 광채
오랫동안 기다리던 눈빛이 현관을 향하고
푸들 강아지는 바람처럼 달려나간다
무작정 꼬리를 흔든다
주인이 등을 쓰다듬는 손아귀에
추운 겨울의 냉기가 묻어나고
푸들 강아지는 두 귀 쫑긋하며 주인의 가슴에 안긴다
사랑하는 연인처럼, 그대 그리웠노라고
말 대신 지그시 눈을 감으며 대답한다

이사 가는 날

이삿짐을 싸는 날
무얼 버릴까를 생각한다
그동안 함께 묻혀온 먼지를 털어내는 것도 아까운 듯
못쓰게 된 물건들을 어머니는 주섬주섬 챙겨넣는다
그동안의 눈치에도 신물이 나지 않는 표정이다
찌그러진 놋그릇이며
한쪽 다리 부러진 밥상을 트럭 위에 살짝 숨겨넣는다
한 보따리 고물을 싣고 떠나는 트럭 뒤로
아이들 몇 숨바꼭질하듯 따라오고
담장을 빙 둘러싼 장미나무가 마른손을 흔들어준다
훔쳐갈 것도 없는 우리 집에
그동안 장미나무가 무성한 덩굴을 많이도 내려주었
구나
장미꽃보다도 가시를 더 사랑한 어머니,
가시 때문에 도둑이 담을 넘지 못한다며
늘 장미 덩굴을 보듬어주었다
어머니는 자식들을 따라 어차피 학교 근처로 떠나지만
이 집으로 들어오는 새 주인은 얼마나 고달플까
그동안 어머니가 창고 속에 쌓아둔 고물들,

다발로 묶어놓은 신문지며

사지가 다 잘린 허름한 옷들을 대체 어찌할 것인가

어머니가 유산으로도 남길 듯한 끔찍한 물건들을

나는 왜 여태 버리지 못했을까

이제는 하나씩 버려야 한다

새집으로 이사를 가면서 어머니의 그런 습관은

전부 버리고 가야 한다

털끝만큼 아깝다는 생각을 할 때

과연 새집의 장미나무도 덩굴을 뻗으며 잘 자라줄 수

있을까

가시보다 꽃을 더 사랑하는 어머니의 얼굴을

보는 것이 소원이다

저 산 너머에는

아버지, 지게를 지고 산으로 간다
텅 빈 지게 위 구름도 내려오고
고샅길가 흔들리던 풀꽃 내음도 뒤따라간다
휘청이며 올라가는 산길도
칠순의 아버지 세월처럼 힘들고
저 산 너머엔 무엇이 있을까
아버지, 흔들리며 간다
지게 위에 고단한 그림자 짐을 지고
아스라한 산길을 오르면
말라붙은 아버지 눈에서 눈물 왈칵 쏟아질까
양쪽으로 흩어지는 산새들
조용한 나뭇가지 바람처럼 흔들며
대답해봐, 대답해봐
아버지, 산길을 왜 오를까
나무들이 말 못 하고 먼 산을 바라볼 때
산길 너머 산마루,
구름 걸린 산마루 너머 그쪽 산길로
아버지는 왜 갈까

어둠은 왜 오는가

어둠은 왜 오는가

머뭇거리지 않고 계곡의 깊은 숲속으로 왜 별을 안고
오는가

별을 헤는 밤, 무서움은 날아가고

생을 다한 낙엽 이승의 마지막 길을 간다고 부스럭거
릴 때

어둠을 뚫고 담비 같은 그림자 지나간다

그대 생명들도 잠자지 않는구나

오직 인간들만 삶에 부쳐 밤 지샐 줄 알았는데

부스럭대는 낙엽 속에서

그대 담비들도 이승의 험한 삶을 설계하는구나

일하지 않아도 열매가 있고,

바람이 일고, 뛰어놀 나무가 있는데

그대들 무엇이 걱정인가

길고 지루한 밤, 어두운 그림자를 끌며 지나가는 길목에

만신창이가 된 내 삶이 퍼뜩 스쳐 지나간다

가난이 밟고 간 길

가난한 세월이 밟고 간 길 위에는
가난한 상표가 찍혀 있다
낡은 필름처럼 옛 추억을 되돌려보면
누런 보리밭 이랑을 불어오는 바람,
그 바람에 떠밀려 산비탈을 넘는 등 굽은 황소
질척이는 울음은 멍에에 매달려 먼 옛날을 부른다
가난을 감추려고
32인치 초대형 텔레비전을 사고
요술 같은 컴퓨터를 들여놓아도
내 책상머리에 꽂힌 시집은
토장국의 구수한 냄새만 풍긴다
읽을수록 더 선명해지는 시골길과
등 굽은 황소의 그늘진 울음
그것들은 모두 우리가 목말라하는 가난의 그리움이다

번데기
― 눈부신 궁전을 꿈꾸며

엷게 실을 뽑아 제집을 만든다
제가 들어갈 자리 알맞게 넓혀놓고
밤낮으로 궁전을 짓는다
전설의 고향 외딴집에서 물레를 돌려
옷을 짜는 아름다운 처녀인 듯
실을 뽑는 모습이 선연하다
눈부신 궁전 안에 들어가면
한계절 능히 꿈을 꾸어야 한다
다음 세대를 위해 내주어야 할 자리 물림이 걱정이다
찬바람이 불면 모든 일이 바쁘다
겨우살이도 해야 하고
제비탑처럼 쌓아놓은 똥오줌도 치우고
그렇게 쓸고 닦은 제자리 하나쯤은
걱정 없이 물려줘야 하는데
눈부신 궁전 안에 들어앉아 꿈만으로는
모든 것이 해결되지 않는다
궂은일을 끝내고 제집에 들어가도 늦지 않는데
너무 일찍 자리를 잡은 모양이다
다시 눈부신 궁전에서 나오려면 그만큼 고역이다

안개의 비밀

싸리나무가 빳빳한 잎으로
안개를 쓸어내는 이유를 안다
안개가 슬슬 물러나면
새악시 같은 산의 얼굴이 비치고
엉엉 우는 산의 부끄러운 울음소리를 듣는다
그것은 짐승이 우는 소리다
산이 우는 소리는 바람과 낙엽이 싸리나무 잎새에 쓸려
산속에서 구르거나 길을 잃고 헤매는 것뿐,
짐승이 우는 소리는 천 갈래 만 갈래
산의 가슴을 찢어놓는다
숨어 지낼 곳도 없는 산의 허전함 속에
백년 묵은 박달나무 밑이거나
어둠이 꽉 찬 동굴 속에 짐승이 새끼를 치면
누군가가 바람처럼 훔쳐가고
낙엽이 대신 뒹굴며 운다
꽉 막힌 산속에는 뿌리 깊은 나무뿐이고
이따금씩 불어오는 바람 속의 잎 지는 소리
그리고 어슬렁어슬렁 잃어버린 새끼 찾아 헤매는
고달픈 어미의 발소리

낙엽이 구르는 소리도
싸리나무가 안개를 쏟어내는 소리도
한결같이 슬픔으로 들리는데
산을 갈수록 어두운 청색을 띤다

햇살이 나비처럼

햇살 한 점 비치면 산등성이 빛이 난다
얇게 쌓인 눈꽃 털어내고 시퍼런 나무들끼리 춥지 않
게 밀착을 한다
꽃샘추위 스미지 않는 숲속
봄날이면 짐승들 털 세우고 산과 강언덕 활발히 뛰놀
던 길옆으로 눈꽃이 핀다
참 아늑하다, 바람 한 점 없는 산길
햇살이 나비처럼 앉아 쉴 때 눈꽃은 한겨울이라 더 싱
싱하다
가끔씩 무게에 눌린 약한 나무가 옆으로 기울고
끝내는 쌓인 눈꽃이 바닥으로 쏟아지면
따스한 봄바람이 우리들 마음속으로 오는가 보다
환각처럼 아지랑이 아른거리는 봄날의 나라
벌레들 숲속으로 파고들면 얇은 날개의 떨림이 소란스
럽고
햇살 조금만 비쳐도 산등성이 하얗게 빛이 난다

해초

소금기 밴 잎사귀를 흔든다
평생 물에 갇혀 퉁퉁 부은 살갗
지나가는 물살을 느끼며
햇살 가득한 뭍을 그리워한다
원래는 그곳이 고향이었으리
뭍과 바다가 뒤바뀌는 날에
지옥의 물속으로 한량없이 떨어져
습관처럼 너울너울 잎사귀나 흔들며

제비집을 부순다

처마 밑으로 한 쌍의 제비가 날아왔다
이제 썩어 문드러진 낡은 처마에는
거미줄 허옇게 진을 쳤지만
그래도 제비는 옛집이 반가운 모양이다
그놈들은 주인의 허락 없이
그늘진 처마 밑에 집을 짓기 시작한다
논바닥에서 물고 온 진흙을 잘 오므려 쌓고
거기에다 보풀보풀 깃털을 섞었다

며칠 후 제비들이 집들이를 한다며
제 동료들을 부르러 간 사이
빈 제비집에 난리가 났다
마실 갔다 온 주인 망치를 휘두르며
애써 만든 제비집을 부숴버렸다
그것도 모자라 흔적을 없애기 위해
부엌칼로 박박 문지르면
소문을 듣고 달려온 제비들,
그 작은 덩치로 겁 없이 달려들 때
숨찬 주인의 얼굴에 벌겋게 핏대가 솟았다

잊을 수 없는 사랑 노래

숲속에 숨어 지려는 하루해의 그림자를 눈여겨본다
곧 있으면 가을인데 잎새들은 고요한 떨림으로
곱게 물들 채비를 하고 있다
이 아름다운 숲속에서 보금자릴 지어볼까
자작나무 덤불에 평화로운 노래를 엊고
보풀리듯 흔들리는 깃털 냄새를 뿌리며
하늘처럼 아늑한 보금자릴 지어볼까
가끔씩 놀러 오는 사람들의 발소리와
배고픔에 굶주린 짐승들의 울음소릴 들으며
보금자리는 두텁게 두텁게 쌓여만 간다
그다음 가을빛으로 곱게 색칠해야지
그러고는 그 속에 숨어 잊을 수 없는 사랑 노래를 불러
줘야지
숲속이 붉은 세상이 될 때까지

공사장 1

스티로폼 위에서 낮잠을 잔다
짧은 점심시간 짬을 내어
꿈속에 잠겨보는 나른함
노 저으며 나아가는 새털구름도
달콤한 참맛을 알지는 못하리라
잠깐 잠을 자다 깬 것이
며칠 꿈속을 헤매다 온 것 같고
부스스 눈 속에 꽉 찬 잠을 털어내면
우당탕탕 터지는 망치 소리
또 공사장의 일이 시작되는구나

공사장 2

공사장에서 피우는 불을 쬔다
차디찬 살갗 위에 눌어붙은 한기
각목을 잘게 쪼개 불을 지피면
타오르는 불티가 꽁꽁 언 하늘을 녹이고
반쯤 훈기가 돈 별들이
반짝 고맙다는 인사를 한다
아직도 어둠은 공사장에 꽉 차 있고
삽과 괭이를 든 인부들의 얼굴이
일렁이는 불빛에 취해 살기가 돈다

봉숭아 꼬투리 1

날이 궂으면 뒤뜰의 풀도
수런수런 잘 크는가 보다
늘어진 잎새들 활개를 치고
이슬 묻은 강아지풀 바람이 불면 오소소 떤다
뒷짐 진 아버지
뒤뜰 한 바퀴 돌아볼 때
뱀이라도 나올 듯한 그늘에는 잡풀들만 무성하다
해묵은 항아리는
길쭉한 풀들을 쭉쭉 제 무게로 누르고
그 뚜껑을 열면 확 터져 나올 간장 냄새
풀숲에 스며들어 아지랑이로 흥건하다
붉은 부리새 창가에 앉아
먼 동구 밖 내려다볼 때
누군가를 기다리듯 우체부가 문득 흰 봉투를 던지고
간다
봉숭아 같은 사연 얼마나 꾹꾹 눌러 담았을까
빨리 펴보라고 소리를 치듯
봉숭아가 연달아 꼬투리를 터트리면
아, 여기도 사람 대신 봉숭아가
욕심 없는 마음으로 집을 지키고 있구나

봉숭아 꼬투리 2

한 주먹 말아 쥔 꼬투리를 터트린다
봉숭아는 이슬을 맞으며 욕심을 버린다
살다보면 하루가 금방인데
그런 욕심 한 주먹 쥐고 살면 무엇하나
봉숭아처럼 한 움큼의 욕심을 내다 버려야지
뒤뜰이나 텃밭에 자손 될 씨앗만 부지런히 뿌려야지
자손 없는 삶은 얼마나 괴로운가
불임의 풀들 여전히 흔들리기만 한다
큰 풀 옆에 작은 풀, 줄줄이 엮여 부대끼며 살 때
풀들이 가득한 풀밭 세상은 얼마나 행복한가
꽃 필 때 꽃이 피고
씨앗 뿌릴 때 씨앗 뿌려야지
순리를 벗어나 사는 삶은 얼마나 고달픈가
어디서 왔는지, 풀밭에 숨은 여치 하나
퉁퉁 부은 봉숭아 꼬투리를 톡톡 건드리고 있다

봉숭아 꼬투리 3

두엄덩이에 꽂힌 쇠스랑에 김이 엉긴다
헝클어진 머리칼 흔들며 두엄을 만들던 그가
오늘은 왠지 보이지 않는다
허리 절어 공사판도 나가지 못하는 그였지만
일당 오천 원의 궂은일도 마다하지 않는다
햇살 오복이 모인 뜨락 한쪽에
봉숭아는 퉁퉁 부은 다리로 서 있는데
곧 터질 듯 불룩한 배를 움켜쥔다
바람은 왜 이리 안 불어올까
아니면 이슬비라도 살짝 내려 주기라도 한다면
연약한 꼬투리 소문 없이 터져
자손 없는 주인집에 한 움큼 씨앗이라도 뿌릴 텐데

코뚜레

박달나무를 불에 구워 코뚜레를 만든다
동그랗게 오므려 코에 끼우고 소의 자유를 빼앗는다
코뚜레에 고삐를 매어서 제 갈 길을 알려주지만
이미 자유를 빼앗긴 소의 갈등은 끝이 없다
고삐를 한쪽으로 당기면
소는 고집불통의 울음을 쏟고
절구 같은 머리통을 반대쪽으로 돌려 무조건 반항을
한다
그래서 소의 힘은 세다
세월에 닳은 소의 마른 무릎이나 소 발굽에서 힘이 솟
는다
한 발 한 발 내디딜 때마다 소 발굽이 땅바닥에 도장처
럼 찍히고
푸른 풀줄기 사정없이 꺾이면 거나한 울음소리
밭머리 좁은 골짜기에 가득 찬다

그의 외로운 텃밭에는

수시로 치마폭 같은 잎사귀가 흔들린다
햇살의 열기 후끈한 날이면
잎사귀는 외롭게 그늘을 내리고
입맛 잃은 누렁이 그 그늘 밑에 숨는다
핏기 없는 혓바닥 한질로 둘러 빼며
누렁이가 긴 꼬리를 둘둘 말아 내릴 때
그는 습관처럼 빈 소쿠리를 들고 나온다
깡마른 앞무릎이
아주까리 열매로도 고치지 못할
중병으로 욱신거려도
그는 부지런히 아주까리 열매를 딴다
담장 옆에 멋쩍게 서서
바깥세상을 노려보던 털 송송한 저 얼굴,
언제쯤 꽉 찰까
이 텃밭에는 언제쯤 그의 외로움을 식혀줄
아주까리 잎사귀들이
치마폭 같은 그늘을 내릴까

풀씨 하나 흩날릴 때

흰머리 숭숭한 갈밭 길을 걷다 보면
이슬 젖은 풀씨들 누렇게 하늘에 뜬다
낮게 나는 여행이 더 좋은 곳을 찾는
풀씨들의 고행이지만
나는 잘 안다, 그 풀씨들의 갸륵한 마음을
푸른 풀 덮인 세상을 이루기 위해
풀씨들이 얼마나 많은 눈물을 뿌렸는지를
그렇게 여행하고 지친 날개를 접을 때
하늘은 얼마나 눈부신 햇살을 내려주는지를

늙은 성자

참 편안한 노인이다
저것도 제집이라 깡마른 몸통 들여놓고 참선을 한다
염소처럼 턱에 달린 흰 수염하며
버짐처럼 총총한 검버섯이 얼굴을 덮었다
토굴 속에는 언제나 침묵이다
간혹 참선하는 호흡만 들릴 뿐 산속의 바람도
요행히 자고 있다
욕심 같은 거 다 빠져나와 더 깡마른 체구
노인의 몸통 안에는 자유가 들어 있다

폐가에서

맨드라미가 빈집을 지키고 있다
독 오른 장닭의 벼슬처럼
맨드라미의 성난 얼굴에 울컥 핏물이 솟는다
아무런 이유 없이 떠난 사람들
돌밭을 일구던 뚝심만 믿고
도시로 몰려간 사람들의 소문이
차디찬 북서풍에 젖는다
농사꾼이란 얼마나 빛나는 훈장인가
일벌레는 일만 해야 되는 법인데
세상은 그리 따스하지 않다는 걸 알아야 한다
바람이 더욱 세차다
맨드라미가 휘청 허리를 꺾는다
간혹 우체부가 빈집에 꿈처럼 들렀다 간다

유배지 1
— 떠도는 왕

이제 그곳에서 몇 해를 보내야 한다
몸서리치는 세속의 욕설과
언 관절 분지르는 숲의 비명
그리고 안온한 목탁 소리마저
그의 가슴을 쿡쿡 찌르는 산골에서
산나물이나 뜯으며 살아야 한다
간혹 중들이 군불 식은 방에
인정을 넣어주고 가지만
잊어야 한다
그가 예전에 왕이었다는 사실을
만해가 나라를 위해
시 한 술 읊으며 올려다본 하늘
억장이 터지듯 눈발이 내린다

유배지 2
─ 떠도는 왕

무성한 눈발마저
그에겐 눈부신 축복이다
죄 많은 사람에게
눈발은 왜 희망처럼 젖어드는가
귀양 가는 길목 숨찬 산길을
그가 오르고 있다
재물과 욕망을 모두 빼앗기고
떠돌이 되어 떠도는 산길
그 옛날 다산의 마음도 이와 같았으리
숲은 언 가지 툭툭 분지르며
이빨을 갈고 있는데
그의 뒤로는 무성한 눈발이
욕설처럼 퍼붓고 있다

텅 빈 집을 추억한다

이제는 보이지 않는다
지붕 한쪽에 솟아 있던 굴뚝의 정다운 연기도 보이지
않는다
나른나른 나비가 나비춤을 추며
굴뚝 가까이 가서 새까만 옷을 입고 돌아오던 날
아랫마을 부엌의 아궁이마다 집어넣던 장작더미,
물오른 솔나무의 검은 연기를 잊을 수 없다
그 아궁이 지키며 눈시울 붉은 눈으로
솔가지 살살 꺾어 불을 지피던 어머니

이제는 그 옛날을 기다리듯
아궁이는 싸늘하게 입을 벌리고
문종이 찢어진 문을 삐걱 열면
확 풍겨 나오는 사랑방의 냉기
천장에 걸린 거미줄이
이승을 타고 내려오는 생명줄이듯
살이 통통한 거미가 어슬렁거리며 내려온다
오래전 주인이 떠난 방구석에는
녹슨 놋요강이 들어앉아 나를 기다리는데

저승도 분명히 저럴 것 같아, 방구들도 내려앉고
서까래마다 싸놓은 제비 똥의 허전함을 볼 때
아직도 잿간 언저리에는 그 옛날의 아주까리
가시를 둘러싼 머리통을 흔들고 있다

보리피리

나에게 속이 비었다고 말하지 말아요
남처럼 꽉 찬 속은 없어도
험한 세상 흔들며 사는 법을 알아요
속이 비었어도
아름다운 노래가 있잖아요
내 텅 빈 가슴에서
동굴처럼 울리는 소리
남들은 수백 번 깨어나도
흉내 내지 못할 그 소리
나는 속이 빈 걸 영광으로 알고 살아요

유언

저 산속의 나무 중에
내가 찾아 쓸 재목이 있다
내 들어갈 관 만들 때
모서리 아귀 딱 맞아 바람 들 틈이 없고
몇백 년 흘러도 내 뼛가루
새나갈 틈도 없다
그런 나무가 저 산속 어디쯤인가 산다
내 죽을 때 그 나무는 내 나이만큼 자라나고
여러 나무들 틈에 섞여
아주 평범하게 살아간다
내 죽는 날 유언으로 남겨두리
저 나무 베어다 내 들어갈 관 만들고
그 나무 베어낸 자리에
아담한 무덤 하나 부탁하리

에라

금배지 달고 모처럼 학교에 찾아와도
기름기로 튀어나온 배를 들이밀지 않는다
평범한 사람들 앞에서 피어 온 갖은 오만
토실토실 알밴 보리알처럼 거드름으로 뒤뚱거리고
그것이 위엄이라고 뱃살을 빼지 않는다
제가 졸업한 학교에 피아노 한 대 주고 가며
표 하나 찍어 달라 부탁하는 이 어리석은 사람
지금이 어느 땐데, 에라, 철딱서니 없는 것아

어미새가 떠난 길 1

논두렁을 따라 걸어가면
고무신이 물에 젖어 철벅거린다
햇살에 비친 이슬방울 후둑후둑 떨어지고
바지게에 얹힌 콩 다발 너울너울 춤을 춘다
새처럼 날갯짓을 몇 번 하고 나면
바지게 같은 날갯죽지를 펴고
이름 모를 어미새 논두렁 풀숲에서 뛰어오른다
논두렁길 시퍼런 풀들만치
저녁은 그런 색깔로 다가오고 곧 어둠이 내려앉으면
날아갔던 어미새 다시 돌아올까
우리가 곤히 잠들어야 할 시간에
어미새는 한 해의 풍년을 위해
밤새워 기도를 하겠지

어미새가 떠난 길 2

어미새가 날아가는 계곡 쪽으로 어둠이 젖는다
우리가 딱 한 번 숨바꼭질하며
들어섰던 그 계곡의 깊은 숲
진달래가 숨 막히게 피는 숱한 나무들 사이에서
풀들은 자유로 흩어져
계곡물을 잡아당기고
머루 덩굴 흔드는 바람이
자줏빛 꽃망울을 잘게 피운다
그 꽃의 향기 따라 숲길로 들어서는 사람들
흩어진 돌들의 이마 위로
지친 군홧발이 낙인처럼 찍히고
멀리서 바라보는 어미새의 붉은 눈에
눈물이 꽉 찬다

신경안정제

늘 세상 한쪽이 기우는 것 같아
신경안정제를 먹는다
울렁울렁 어지러운 물살이 머릿속에서 돌고
자갈 구르는 소리도 윙윙 들리지만
신경안정제 한 알 먹으면 그만이다
하얀 알약 속에 들어 있는 신비의 힘
그것이 기운 세상을 바로 세우고
난폭한 물살도 가라앉히지만
중독되면 알약이 정신마저 뒤엎어버린다

탱자나무는 말이 없다

잎이나 줄기 모두 소가죽처럼 당차지만
그 가시만은 보기에도 심장이 뜨끔하다
가끔 쥐들이 탱자나무 밑 뚫린 구멍을 빠져나와
까만 알약 같은 쥐똥을 흘리고 가지만
그래도 탱자나무는 말이 없다
사람들은 가시가 무서워 울타리 근처에서 맴돌고
어쩌다가 뜨끔 침 한 방 맞으면
인상 찌푸려 엄살을 피운다
탱자나무는 본래 열매를 보듬기 위해 가시를 송송 박
았지만
겉만 보고 대하는 사람들에겐 더없이 무서운 탱자나무
알고 보면 참 부드러운 탱자나무도
오늘만큼은 보석처럼 하얀 꽃을 피운다

늙은 소나무의 노래
── 겨우살이

늙은 소나무의 누런 솔잎이
사람의 머리칼처럼 떨어진다
멀리서 바라보는 그 산의 인산인해,
그것은 사람들이 아니다
줄지어 늘어선 늙은 소나무의 대열이다
투구 같은 솔껍질을 까면
납작 엎드려 숨어 있다가
쪼르르 도망치는 해묵은 벌레들,
그 벌레들의 함성이다
소나무의 묵은 껍질이야
비바람 막아주는 천혜의 제집이지만
그렇게 도망치면 어디로 가나
제집을 지켜야지
추워서 말이 아닐 텐데
그리고 깨알 같은 까만 똥은 어디에다
쌓아둘 작정인지
한창 겨우살이 걱정일 때
늙은 소나무의 누런 솔잎이 자꾸만
힘없는 머리칼처럼 우수수 떨어진다

쇠말뚝

박아놓은 쇠말뚝을 뺄 수가 없다
간간이 고삐를 당겨서 원을 그려보지만
최대한 볼 수 있는 거리는 한정된 시야뿐이다
찰랑이는 저수지 너머 푸른 들판이 보여도
겁 많은 눈동자 속에는 아른대는 그리움만 가득하다
그 옛날의 등짐이 무거워 털썩 주저앉으면
우물대는 되새김질,
푸른 풀 같은 꿈을 씹으며
산 너머 구름발에 걸린 먼 옛날을 기대어본다
그러면 불현듯 새어 나오는 울음소리
그것은 얼마나 그리운 자유인가
쇠말뚝 때문에 만날 수 없는 소의 앙탈에
고삐로 그린 작은 영역에는
허리춤의 풀들이 잘게 꺾이고
짓뭉개진 황토가 전쟁터 같은 길을 낸다
아무리 발버둥을 쳐도
땅의 심장에 꽂힌 쇠말뚝을 뽑을 수 없어
황소는 편하게 엎드려 되새김질만 한다

새들도 언어로 소식을 전한다

산속도 오래되면 등뼈가 휘어지는 법이다
산등성이마다 튀어나온 굵은 바위들이
봄날이면 몸살 나게 뒤척인다
산등성이 곳곳에 박힌 굵은 뿌리들
홍역처럼 꽃망울을 앓아 피우고
고사목도 등뼈처럼 허리가 휜다
이 깊은 산속에도 진달래는 지천인데
그 꽃향기 아랫마을 내려가지 못해
산속에만 가득 찬다
진달래 뿌리는 엉키고 엉켜 그 속에서 잔뿌리가 나고
꽃들도 지치고 지쳐 여린 꽃잎 다시 지는데
아무도 없는 이 산속 진달래는 왜 피는가
보아줄 이도 없는데 연지곤지 단장하고
분홍색 저고리로 손짓을 하면
새들이 수시로 낙타처럼 누워 있는 산등성이로 날아와
우리들이 알 수 없는 언어를 몇 마디 지껄이고 간다
그러면 진달래는 더 붉어 홍당무가 되고
부끄러워 속옷 간신히 숨기는 저 자태
분명히 누군가 온다는 소식이다

치통 1

이제 나이를 먹은 이뿌리도 오래가지 못한다
말뚝같이 박힌 내 이뿌리에 병이 들고
찬바람이 불면 이뿌리가 흔들리기 시작한다
마치 둑이 무너지듯
이뿌리 하나라도 빠지면 큰일이다
혓바닥 한 귀퉁이가 허전해서
더구나 말까지 새어 나오면
오랜 세월 둑같이 쌓아놓은 내 체통은 말이 아니다
한 굽이 계절을 맞을 때마다
꼭 찾아오는 치통
병원에 가봐도 뾰족한 수가 없어
간신히 아픔을 참고 사는데
오늘은 아예 아스피린을 먹기로 한다
이 작은 알약에 무슨 힘이 있을까
둑이 무너지랴 쾅쾅 잇몸을 치는
저 망치의 힘을 진정시킬
무슨 힘이 있을까

치통 2

아예 이를 빼기로 한다
의사는 아픈 잇몸을 진정시키고
막무가내 이뿌리를 흔들기 시작한다
그래도 이뿌리는 끄떡도 없다
땅 깊이 박힌 쇠막대를 뽑는 기분이지만 아프지 않다
진통제가 주는 참맛을 이제야 알았다
이뿌리가 조금씩 빠져나올 때마다
두둑두둑 둑 터지는 소리가 났다
저 둑이 무너지면 어떡하나
여태껏 쌓아놓은 내 자존심이 빠진 잇새로
새어 나오면 큰일인데
금니나 턱받이조차 무너진 자존심을
받쳐주지 못한다
빠진 잇새로 슬슬 찬바람이 들기 시작한다
서서히 진통이 풀리며
일시에 몰려드는 외로움
임시로 박아놓은 이뿌리가 우선은 내 무너진 자존심을
지켜준대도 반갑지 않다

서울 쪽으로

어린 나무들 서울 쪽으로 모두 기울어 있었다
바람도 자는데 척추가 휘어져
서울 가는 방향을 가리키고 있었다
이정표도 없는 포장길 위에
어린 나무들 화살표로 살아 있었다
틈만 나면 서울 갈 일 생각하다가
보리 벨 때 지나는 열차 꽁무니 세어보다가
내 여린 꿈 아지랑이로
어린 나무에게 옮겨 붙었던 지난날
내가 짐을 꾸릴 때
연인처럼 창문을 기웃거리던 어린 나무들
더불어 같이 가자고 하룻밤 자고 나니
허리가 모두 기울어 있었다
반듯하던 척추가 안타깝게, 휘어져
서울 가는 쪽으로 굽어 있었다

바위
── 참는 법에 대하여

넘실대는 물 한쪽에 솟아올라 언제나 말이 없다

세월에 삭아 험하게 팬 살결

아찔한 벼랑을 이루어 수시로 물새들 등쌀에 들볶이
지만

물새 떼가 버리고 간 똥냄새에도 침묵한다

간혹 물보라를 일으켜 그 냄새를 쓸어주기도 하고

축축한 바위 틈새에 풀줄기 몇 개 기르기도 하지만

듬직한 체구가 버티기엔 한계가 있다

언뜻 보면 참선을 하는 것 같지만

아니다, 그동안의 오랜 속앓이에 참는 법을 배우는 것
이다

참았던 말을 쏟아낸들

몰아치는 물보라만큼이나 시원할까

옛날의 서운함이야 마음속 깊이 담아두면 그만이지만

그동안 쌓인 속앓이는 바위틈의 새똥만큼 역겨운들 어
쩌랴

그렇지만 참아야 한다

험한 물살의 채찍에도 그 고난을 참는 법을 배웠기에

바위는 벼랑을 이루어 저렇게 우뚝 솟아 있는 것이다

오래된 학교에 관한 회상
— 노송초등학교 앞을 지나며

내가 떠난 후 학교 운동장에는

여전히 태극기가 펄럭인다

그동안 학생 수 엄청나게 줄었지만

까막눈 뜨기 위해 모인 학생들 몇몇 때문에 문을 닫을

수 없단다

아낙들은 헝클어진 배추 머리로 가끔 학교에 찾아오

지만

낮게 엎드린 산마루나 뒷동산의 철쭉 내음에 취하면

영락없이 도회지로 떠나고 만다

이제는 폐교가 될 운명에 처했지만

그래도 힘차게 펄럭이는 태극기와

낮게 산을 넘는 교가 소리에

사람들은 걸쭉한 인정을 버리지 못한다

그 아이들 어른이 되면 학교가 없어질지 몰라도

가뭄에 콩 나듯 사방으로 흩어진 선배들은

가끔씩 그리움으로 낮게 엎드린 산맥이나

다발로 핀 철쭉꽃을 생각할 거다

어쩌다가 국도를 지나다 보면

헝클어진 숲에 싸여 낮게 엎드린 학교

아직도 태극기는 펄럭이지만

학교를 둘러싼 울타리는 여전히 측백나무 무성한 숲
이다

개구멍으로 들락이는 땟국에 전 아이들

영락없이 그 옛날의 내 모습을 닮아간다

달, 숲에 잠들다

이승의 무거운 짐을 벗어버리듯
달은 가볍게 숲을 차고 오른다
절망을 이기고 눈부시게 웃는
저 향내의 얼굴을 보아라
달빛은 숲속에 가득 차고 부엉이는 노래한다
가끔은 구슬픈 목청으로,
그때마다 숲은 긴장한다
발광하듯 흔들리던 한낮의 바람은
숲속에 지쳐 잠들고
두 개의 달 같은 부엉이의 눈이 반짝인다
긴장하던 숲이 어둠을 조여온다
터진다, 향내의 불꽃이, 반딧불 부서지며 날고
또다시 부엉이는 노래한다
가볍게 숲을 차고 떠오른 달은 중천에서
숲을 내려다본다
부엉이가 붉은 눈으로 이승을 내려다보듯

모과처럼

독수공방 홀로 살림을 꾸리면
벌 같은 사내들 밤마다 찾아왔다
자물통 굳게 채운 정조대
열지 않기 다짐하길 서른 해
피둥피둥한 살결은 주름살로 변해버렸다
낙화 같은 창백한 얼굴이며
이글대던 성욕은 시들어
불구처럼 성한 몸 썩어갔다
숫돌에 마음을 갈아도
시원치 않을 세월아
이 청춘 한번 써먹지 못하고
듬직한 서방 하나 품지 못하고
담장 옆 모과처럼 늙어가는
슬픈 아낙네

벌목장, 그 광란의 숲속에서

아름드리 생나무의 밑동을 쓸어낸다
전기톱이 돌아갈 때 울리는 강렬한 떨림
나무는 아픔의 전율로 우수수 잎을 떨어낸다
무더기로 생살이 튄다
전기톱의 억센 이빨은
단번에 수십 그루의 나무들을 토막 내버린다
벌목장엔 금세 하늘이 뚫리고
대신 새파란 기운이 내려와 앉는다
짐승들도 마땅히 숨을 곳이 없다
아늑한 짐승들의 낙원은 이제 사람들의 차지가 되고
집을 잃고 어슬렁대는 짐승들의 발자국에 서러움이 찍
힌다
우리의 선조들이 당했던 그 설움을
이제 짐승들이 맛보는 시간, 잔인하게 넘어진 나무들은
머리칼 무성히 풀어헤친 채
한쪽 구석으로 끌려가고 있었다

단풍나무 숲으로

벌써 곱게 물이 들었구나
온몸 전체 붉은 물이 퍼져
하늘마저 바싹 속이 타는구나
새 떼들도 모두 돌아왔구나
지상에서 가장 포근한 하늘
거기 앉아 있으면 제왕이 된 듯
부러운 것이 없구나
단풍나무가 내려오라 손짓을 해도
하늘은 침묵만 하고
새 떼들만이 부산한 소리를 내는구나
언제 내려갈까, 단풍나무 숲으로
단풍나무 숲과 하늘 사이
붉은 물이 꽉 찬다

나무 궤짝의 비밀
—— 헌 옷가지를 위하여

아무도 모른다
아직까지 몇 번이나 이사를 했어도
먼지 묻어 옮겨지는 나무 궤짝의 비밀을 아무도 모른다
아귀도 잘 맞아 사각으로 단단히 맞춰놓은
박달나무 뚜껑에 자물통은 꽉 채워져 있다
뚜껑을 열기 전까지 궤짝 속의 비밀을 알 수가 없다
궁금한 이들이 궤짝 뚜껑에 귀를 바싹 대고
몇 번씩 노크를 해도
어머니는 좀체 그 궤짝을 열지 않는다
단단히 채워놓은 뚜껑을 열면 난리라도 나듯
어머니의 눈초리는 불안하다

어머니 제발 그 궤짝을 여세요
지금은 옛날보다 많이 달라졌어요
모두가 개방의 길을 훤히 걷고 있잖아요
예전부터 모아놓은 헌 옷가지들을 전부 불태우세요
혹시나 그 궤짝 속에 숨어 있을지도 모를
보수성의 옷가지들을,
구멍 난 양말, 실밥 터진 소매

그리고 팔 없는 양복들을 고물처럼 쌓아놓고
보수의 세계 속에서만 웅크리고 사는 어머니를
난 이제부터 미워할 거예요
보수의 고집 때문에 우리들의 갈 길도 그만큼 늦었잖
아요
남보다 뒤처진 우리들의 의식이, 문화가
정말 부끄러워요
남들은 모두 잘 닦인 개방의 길을 힘차게 걷고 있는데
어머니 더 늦기 전에 그 궤짝을 여세요
보수의 옷가지들을 개방의 길가에 쏟아놓고
활활 불을 지르세요

낙엽에 대하여
── 살아남는 법

낙엽을 보며 문득 살아남는 법을 배운다
앙상한 가지 끝에서 몸부림치다 어차피 떨어져야 할
운명임을 안다
낙엽이 온몸 붉게 물드는 것은
세상을 하직하기 위한 이별의 노래를 부르기 위함이요
다음을 위해 살아남는 법을 배우기 위함이다
그래서 낙엽을 보며 슬픔에 젖지 않는다
낙엽은 낙엽대로 더 깊은 노래를 마음속에 새겼기에
온 산속을 저리 가볍게 뒹굴고 있는 것이다
마저 붙은 잎이 다 떨어질 때까지
나무는 부동자세로 서 있고
이 해가 다 가기 전에 오직
살아남는 법을 배운다

햇살 하나 물고

오랜만에 산속에 오니 걱정도 날아간다
세상의 부질없는 욕심이 얼마나 허망한가
사람들 얼굴마다 주름살만 가득한데
저 나무들 보아라, 쭉쭉 빠진 저 몸매
검은 윤기 자르르 흐르는 살갗에는 걱정 하나 없다
매끄러운 가지를 타고 청설모가 햇살 하나 물고 간다
재빠르게, 그물처럼 얽힌 가지 새를 뚫고
뛰어넘는 묘기
곡마단의 마술처럼 햇살이 부챗살로 퍼진다

지혜
— 흐릿한 마음이 길을 덮는다

잘 닦인 길도
사람의 발길이 뜸하면 결국에는 닫히고 만다
우리의 마음이 그 길을 그렇게 만든 것이다
세상을 보는 흐릿한 우리의 마음이
미움과 불신으로 가득 차서
길가의 풀들조차
우리의 잡다한 마음을 닮은 것이다
풀들이 길을 덮으면
단절된 세상의 벽은 그만큼 커지고 만다
아무도 오고 가지 못하는 길가에는
단절된 벽을 허무는 뻐꾸기의 노랫소리 가득하지만
이미 멀어져 간 우리의 마음은 돌아서지 않는다
되돌아보면 유리알처럼 반짝이던 길은
아득한 과거 속에 묻혀 있을 뿐
길가의 풀들이 무성히 손을 흔드는 것은
굳게 닫힌 길을 열어달라는 애원의 소리처럼 들린다

숲의 절망

아름드리나무가 꽉 찬 산속에는 희망이라고는 없다
서로 경쟁을 하듯 밑동 굵은 나무들만 커 오르고
힘이 부쳐 뒤처진 단신의 나무들은 절망한다
큰 나무에 눌려 말라가는 나무들, 바람마저 거부한 채
뿌연 솔잎의 머리칼과 산전수전 겪은 주름살만 가득
하다
웅웅 큰 나무들 새로 지나가는 나무들의 울음,
새들은 누런 솔잎을 흔들어대고
투구를 쓴 송충이들의 대열이 굵은 주름살을 디디며
올라간다
주름살이 간지럽게 바람 한줄기 시원하다
이놈들 등쌀에 소나무는 만신창이가 되고
간혹 헬리콥터가 농약을 뿌려 시원하게 해주지만
무리 지어 올라오는 대열을 당해낼 도리가 없다
새들도 도망을 간다
송충이들의 매끄러운 털이 송홧가루와 섞여
온 하늘에 퍼진다

뻐꾸기시계 속에서

한낮의 무료함에 취해 뻐꾸기는 운다
본디 제 고향의 푸른 숲과 바람을 내 방에 쏟아붓고
열정적으로 시간을 죽인다
매시간 놓치지 않는 정확성
박제가 된 육신을 탓하며 제 습관에 길들여진 채
노동의 노래를 부른다
이제는 잊혀가는 먼 숲의 나라
어미 뻐꾸기 옆에서 놀던 새끼 뻐꾸기들
가장 참한 목소리로 숲을 일으켜 세우면
박제가 된 내 방의 뻐꾸기도
울음소릴 듣는다, 그러고는 노래한다
순간순간을 푸르른 바람 소리와 숲의 흐느낌으로 채
운다
박제된 육체 속에도 시간은 가득 남아
시간의 태엽이 풀릴 때까지
제 고향의 숲과 바람을 노래한다

안화리 1

둑방에는 아직도 버드나무가 있다
눈부신 머리를 풀고 수시로 허리를 꺾는 나무
그 옆에 서 있으면 춘향의 살냄새가 난다
어쩌다가 쇠줄에 묶여
가녀린 허리춤에 생살도 벗겨지지만
무던히도 싸놓은 생똥의 흔적에도
소들은 짐짓 태연한 표정이다
삶이란 다 저런 것인가
무심히 술렁이는 물살을 바라보면
금빛으로 내려앉은 황혼
소들의 울음이 푸른 저수지에 꽉 찬다

안화리 2

아이들이 올려놓은 장작더미에
활활 불이 붙는다
반쯤은 녹은 하늘에
파란 물이 흐를 듯 하늘 한 모서리가 풀린다
둠벙*물 푸는 아이들
어쩌다 살찐 미꾸라지를 건져놓으면
참 빠르구나
미끄럽게 도망치는 길
가면 얼마나 간다고 온몸 흙 범벅되어 뒹굴다 보면
불쌍한 것
눈까지 찰흙이 끼여 서서히 죽어간다
더구나 뒹구는 자국마다
부글부글 분노가 끓고
입이나 똥구멍에 낀 찰흙 덩어리에
미꾸라지는 짧고 굵게 이승을 살다가 간다

* 진흙이 뒤섞인 논가의 작은 웅덩이.

안화리 3

오랜만에 들렀더니
아카시아가 나 보란 듯 제집을 이루고 있다
아예 건드리지 못하게
깡마른 몸뚱이에 가시 송송 박았지만
낫 한번 휘두르면 그놈들은 끝장이다
세월이 갈수록
더욱 좁아 보이는 무덤
마땅한 종산이 없어
밭둑머리 깎아 무덤을 썼지만
남의 산에 웬 무덤이냐고
산 주인은 울컥 성질을 부린다
매년 돌아오는 봄
아카시아마저 산 주인의 마음을 닮아가면
나는 핏대 선 낫으로
아카시아 그놈의 허리를 바싹 내리치고 만다

안화리 4

뜨락에 햇살 한 점이 부시다
빛나는 차돌의 넓적한 이마에 덤불콩을 넌다
아직은 꼬투리 터지지 않아 푸른 콩에 지나지 않지만
며칠 후면 안다, 그 콩의 혈색을
온몸에 피가 돌아 자줏빛이 되고
드디어 새의 부리로 톡톡 알 껍질을 깨고 나오듯
꼬투리를 치고 나오는 경이의 순간, 그 순간을 기다리
면 안다
일부러 덤불콩을 까지 않아도 제 스스로
꼬투리를 열고 나오는 콩의 뜨락은
햇살이 참 부시다

안화리 5

고인 물이 말을 잃었다
무거운 산의 중량이 물을 누르고 있다
점점 산을 닮아가는 물, 새파란 물빛이 놀란 빛을 띤다
물속의 자잘한 고기 떼들도
물풀 그늘을 찾아 숨는다
바람도 좋아 둑길의 풀씨들도 속이 꽉 여물어간다
덩달아 알밴 고기들은
물풀 밑에 깨알 같은 알들을 쏟아놓는다
그 알들도 산의 중량에 눌리어 곧 터질 것 같다
알도 놀란 빛을 띤다
온종일 말을 잃은 물, 그래도 그 물은 오랫동안 신명이
난다

안화리 6

그의 무덤에는 해마다
아카시아 숲이 무성하다
간혹 흰 꽃이 다발로 피어 술렁거리면
잔디에 숨죽인 햇살도 부스스 일어서고
독한 꽃내음에 취해
옆자리 밭머리로 펄쩍 뛰는 벌레들
참 신기하다, 사랑도 햇살로 오고
햇살도 사랑으로 엉겨
무덤은 금잔디 노래로 출렁이는데
간신히 매달린 이슬방울이
아버지 같은 말씀,
가련한 음성으로 흔들린다

안화리 7

해거름 깔리는 저녁에
미루나무 목메어 강둑에 줄지어 선다
일에 지친 황소의 눈망울 별빛에 닿을 때
별빛도 반짝 위안을 준다
아직도 잠들지 않은 들풀들은
내 발목 붙잡으며 쉬어 가라 안달을 하고
그때마다 멍에에 매여 우는 속울음
텅 빈 마을 먼 산자락 힘없이 흔든다
삶이란 어차피 정해진 길이 있고
황소는 그 길 따라 밤낮으로 부지런히 걷는데
멍에에 묶인 자유 풀어질 기미 보이지 않는다
갈수록 더한 자갈밭 뚝심으로 갈고
주인의 회초리에 맞아 가슴속 깊이 멍이 들어도
미루나무 목메어 선 강둑을 걸을 때는 즐거워라
말뚝처럼 깊고 슬프게 서 있는 미루나무
하늘의 희망을 딸 욕심으로 더 높이 솟아도
별들은 그 키만큼 더 높이 솟아오르고
차라리 희망은 없는 것인가
그렇게 해거름 깔리는 저녁에

뚜벅뚜벅 걷는 황소의 눈망울에
갖은 고난의 풍경들이 영상처럼 스쳐 지나간다

현대 문명의 위기와 생명의 시

오생근
(문학평론가)

① 한 시인의 시작품들을 이해하기 위해서나, 아니면 이렇게 시를 독자에게 이해시키려는 해설의 자리에서 대상이 되는 시인의 삶과 문학적 이력을 반드시 알아야 할 이유는 없을 것이다. 그러나 그의 삶과 이력에 대한 정보가 그야말로 전무한 상태에서 단지 출간될 시집의 교정쇄로 되어 있는 작품들만 읽고 어떤 이야기의 실마리를 풀어가자니 문득 난감한 느낌이 앞선다. 이 난감함은 그의 시가 어렵다거나 요즈음의 젊은 시인들에게서 흔히 보여지는 어떤 종잡을 수 없는 시적 흐름의 생소함에 기인하지도 않는다. 그의 시는 쉽고 평명하다. 그러나 그 평이한 서술은 오랜 시적 훈련에서 성취된 일정한 높이를 동반하고 있다. 그는 신인인 것 같지만,

신인다운 서툴고 난삽한 시어를 구사하지도 않고, 삶에 대한 미숙한 모험심이 앞서지도 않으며, 오히려 삶을 바라보고 언어를 다루는 데 깊고 성숙한 눈길과 솜씨를 보여준다. 유진택이라는 시인은 누구일까? 그가 신인이 아니라면 이전에 쓴 시집은 어떤 것일까? 이처럼 단순한 일차적 의문을 해결하기 위해 쉽게 의존할 수 있는 방법이 전혀 없는 것은 아닌데도, 구태여 그런 과정을 거치지 않고 주어진 작품만으로 그의 시를 이야기해야 한다는 당위감이 앞서는 까닭은 무엇일까? 아마도 이렇게 하는 일이 편견 없이 그에 대한 올바른 시적 자리 매김의 방법이라고 생각되었기 때문일 것이다. 물론 시인에 대한 사전 지식이 없더라도 그의 시를 읽다 보면 그가 농촌에서 성장한 사람이며 현재는 농촌과 가까운 곳에서 생활하는 교사일 것으로 짐작된다. 이러한 짐작이 구체적인 자료로 입증된다 하더라도, 이것이 농촌과 자연을 대상으로 한 그의 풍부하고 안정되어 있는 순정한 서정성의 세계를 설명해주지는 못할 것이다. 그의 시가 얼마나 새롭고 개성적인 세계를 보여주는가의 문제는 접어두고 단도직입적으로 말한다면, 일단 그의 시는 신인다운 생소함보다 신인답지 않은 성숙함과 친숙감을 보여준다고 말할 수 있다. 이런 느낌을 엉뚱하게 놀라움이나 난감함 같은 감정과 연결시키게 된다면, 그 이유는 그것이 우리가 전혀 예상하지 못했던 의외의 감정적 체험이었기 때문이다. 이러한 사실을 전제로 하면서 일단, 그의 한 특징적인 시로 간주되는 「가난이 밟고 간 길」을 시적 이해의 출발점으로 삼아보자.

가난한 세월이 밟고 간 길 위에는
가난한 상표가 찍혀 있다
낡은 필름처럼 옛 추억을 되돌려보면
누런 보리밭 이랑을 불어오는 바람,
그 바람에 떠밀려 산비탈을 넘는 등 굽은 황소
질척이는 울음은 멍에에 매달려 먼 옛날을 부른다
가난을 감추려고
32인치 초대형 텔레비전을 사고
요술 같은 컴퓨터를 들여놓아도
내 책상머리에 꽂힌 시집은
토장국의 구수한 냄새만 풍긴다
읽을수록 더 선명해지는 시골길과
등 굽은 황소의 그늘진 울음
그것들은 모두 우리가 목말라하는 가난의 그리움이다
　　　　　　　　　　　　　―「가난이 밟고 간 길」 전문

　이 시에서 그리움의 감정으로 환기되는 옛추억의 풍경은 "누런 보리밭" "등 굽은 황소" "시골길"이 있는, 가난했던 농촌의 정경이다. 그 추억의 풍경과는 다른 오늘의 변화한 농촌의 세목들은 여기서 별로 언급되어 있지 않지만, 화자가 그 옛날의 풍경을 그리워하는 현실은 "32인치 초대형 텔레비전"과 "요술 같은 컴퓨터"의 현대식 기계가 갖춰진 집이다. 이 집에서 화자가 애독하는 시집은 "토장국의 구수한 냄새만" 풍기는 토속적 세계, 가난했지만 질박하고 공동체적인 정서가 있던 과거의 농촌 풍경을 노래하는 것으로 보인다. 이런 점에서 유진택이 꿈꾸고 지향하는 시적 세계는 오늘의 변화한 농촌 현실이 아니라 과거의 농촌이자, 우리가 잃어버린 고향의 정서임을 알 수 있다. 물론 그것에 대한 그리움의 어조는 탄식이나 회한·체념의 비애감이 아니라 과거와 추억을 현재화시키면서 시대적 상실감을 넘어서려는 성숙한 건강성이다. 과거의 농촌에 대한 건강한 그리움은 '소'를 주제로 한 여러 시에서도 거듭 발견된다.

세월에 닳은 소의 마른 무릎이나 소 발굽에서 힘이 솟는다

한 발 한 발 내디딜 때마다 소 발굽이 땅바닥에 도장처럼 찍히고

푸른 풀줄기 사정없이 꺾이면 거나한 울음소리

밭머리 좁은 골짜기에 가득 찬다

─「코뚜레」 부분

박아놓은 쇠말뚝을 뺄 수가 없다

간간이 고삐를 당겨서 원을 그려보지만

최대한 볼 수 있는 거리는 한정된 시야뿐이다

찰랑이는 저수지 너머 푸른 들판이 보여도

겁 많은 눈동자 속에는 아른대는 그리움만 가득하다

그 옛날의 등짐이 무거워 털썩 주저앉으면

우물대는 되새김질,

푸른 풀 같은 꿈을 씹으며

산 너머 구름발에 걸린 먼 옛날을 기대어본다

——「쇠말뚝」 부분

자유가 박탈당한 채 온갖 사역과 부림만을 당하다가
늦게 되면 도수장에 끌려가는 한국 소의 모습은 우리의
농촌 풍경에서 빠뜨릴 수 없는 요소일 것이다. 물론 소
의 운명이란 대체로 비참하게 생각되는 것이기도 하지
만, 농촌의 풀밭이나 들길과 함께 연상되는 소의 형태
가 늘 비극적으로 보이는 것은 아니다. 믿음직하고, 힘
세고, 순하고, 참을성 있고, 부지런한 소의 모습은 농촌
의 풍경뿐 아니라 한국인의 심성과 정서에 잘 부합되
는 이미지를 갖는다. 소는 그런 점에서 친숙하고 정겨
운 우리의 황톳빛 고향에 대한 그리움과 맞닿아 있다.
「코뚜레」에서 표현된 소의 건강하고 힘찬 외양의 묘사

나 「쇠말뚝」에서 "겁 많은 눈동자 속"에 "아른대는 그리움만 가득"한 소의 묘사는 농촌을 고향으로 둔 사람이건 아니건 누구나 공감할 수 있는 소에 대한 한국인의 오랜 정서를 함축하고 있다. 더욱이 소가 보여주는 '느림'의 성격은 현대 사회의 파괴적인 '빠름'의 양적 시간이 지배하는 세계에서 올바른 생태적 리듬의 가치로서 오히려 그 '빠름'의 의미를 반성하는 효과를 갖는다. '느린' 소의 모습은 정신없이 빠르게 달려가는 우리의 삶에서 그것 자체로 삶의 의미를 돌아보게 만드는 존재론적 가치를 보여주는 것이다. 그 소의 코뚜레가 괴롭게 뚫리고 말뚝에 묶이거나 외양간에 갇히는 괴로운 운명이라 하더라도, 소는 바쁜 농사철이 아니라면 산과 들·풀밭에서 한가로운 해방감을 누리며 되새김질할 자유가 있었다. 구속이건 자유건 그런 모습으로 농사에 동원되고, 농민들의 소중한 재산 목록 제1호로 손꼽히던 소가 지금은 어떻게 되었는가? 천규석 씨의 진단에 의하면 한 마을의 "예순 남짓한 농사집마다 두 마리 이상으로 모두 백여 마리의 소를 기르고는 있지만, 길들여져 부릴 수 있는 농우는 다섯 마리가 채 안 되어" 전통의 우리의 소는 멸종되어가는 형편이며, 대부분 소는 "다만 살찌워 잡아먹기 위한, 품종도 계통도 모르는 수입 잡종소"라는 것이다. 그 소들은 "시멘트 외양간에 갇혀서 산과 들의 풀 대신 시판 농후 사료를 시멘트 구

유에 담아주는 대로 먹고 플라스틱 코뚜레를 꿰고, 때로 소가 목 졸려 죽을 만큼 질기디질긴 나일론 이까리에 묶여 사역 대신 사육되어 비명횡사 당하게 됐다"(천규석, 「한국소의 팔자와 농민」). 한우의 이러한 몰락과 멸종의 위기는 오늘날 농촌과 농민의 운명과 무관하지 않다. 한우에 대한 토속적 정서를 환기시키려는 시인의 의도는, 한우의 운명이 오늘날에도 변함없다는 인식에서 비롯되는 것이 아니라 그것이 변화하면 할수록 전통적인 한우의 존재가 더욱 소중하고 그것을 보존해야 할 필요성의 주장이 완강해진다는 뜻의 반영으로 보인다. 농촌의 생활과 풍속의 변화는 한국 사회의 급속한 산업화·도시화에 따른 당연한 결과일 것이다. 많은 농민들이 농촌을 떠나는 이농 현상도 그러한 도시화의 결과라는 것은 이제 누구나 알고 있다. 농촌의 공동화 현상은 그러므로 심각한 사회적 문제로 대두된다.

맨드라미가 빈집을 지키고 있다
독 오른 장닭의 벼슬처럼
맨드라미의 성난 얼굴에 울컥 핏물이 솟는다
아무런 이유 없이 떠난 사람들
돌밭을 일구던 뚝심만 믿고
도시로 몰려간 사람들의 소문이
차디찬 북서풍에 젖는다

농사꾼이란 얼마나 빛나는 훈장인가

일벌레는 일만 해야 되는 법인데

세상은 그리 따스하지 않다는 걸 알아야 한다

바람이 더욱 세차다

맨드라미가 휘청 허리를 꺾는다

간혹 우체부가 빈집에 꿈처럼 들렀다 간다

— 「폐가에서」 전문

   황량하고 쓸쓸한 농촌의 풍경화를 연상시키는 이 시는 농사짓던 사람들이 "아무런 이유 없이" 떠난 폐가의 정경이 참담하게 그려져 있다. 그런데 그들은 왜 "아무런 이유 없이" 떠난 것일까? 이 세상에는 "아무런 이유 없이" 자기가 살던 삶의 터전을 버리고 떠날 사람들이란 없는 법이다. 그런데도 시의 화자가 이런 표현을 삽입한 까닭은 농민들이 농촌을 떠나게 될 상황이 아무리 절박한 것이라도, 그것이 객관적으로 납득할 만한 논리적 근거가 될 수 없다는 인식 때문이다. 농사꾼은 농촌을 떠나서 살 수 없다는 것이다. "돌밭을 일구던 뚝심만 믿고/도시로 몰려간 사람들"이란 표현에서는, 그들의 도시로의 이주가 성급한 결정이거나 무모한 판단에 의한 것이라는 화자의 비판적 시각이 개입되어 있다. 이런 점에서 시인은 신경림의 시가 그렇듯이 고향 마을을 떠난 사람들의 울분과 불만 혹은 분노와 원한을 직설적으로 대변하는 위치에 서 있지 않다. 그는 '농사꾼'이란 어떤 일이 있더라도 '농사꾼'으로 머물러 있어야 한다는 것을 강조하는 것이다. 그러므로 "빈집을 지키고" 있는 "맨드라미의 성난 얼굴"은 농사꾼이 고향을 등지고 떠날 수밖에 없는 사회 현실을 향해서라기보다 "아무런 이유 없이 떠난 사람들"의 조급한 결정과 행동에 대한 분노의 표정으로 읽힌다. 이것은 농촌 현실에 대한 시인의 몰이해에 기인하는 것이 아니라, 농촌이나 고향에 대한 시인의 관심과 애정이 그만큼 강렬해 있다는 증거이다. '안화리'라는 마을을 제목으로 삼은 일련의 연작시에서도 시인의 농촌에 대한 향수와 그리움 혹은 심정적 의존심은 다양하게 나타나 있다. 물론 여기에서도 화자의 관점은 농사를 짓는 농민들의 현실적 입장을 반영하는 것으로 보이지는 않는다.

「안화리 1」부터 모두 7편으로 구성된 작품들에서의 농촌은 농민들의 궁벽하거나 고달픈 삶의 생활상이 그려진 농촌이 아니다. 여기에 등장하는 인물들이나 회상의 주제 혹은 중심적인 묘사의 대상에 주목해볼 때 그 점은 쉽게 확인된다. 둑방의 버드나무, 쇠줄에 묶여 있는 소, 푸른 저수지, 둠벙을 푸는 아이들, 도망치는 미꾸라지, 무성한 아카시아, 산 주인, 무덤에 묻힌 조상들, 개울물의 자잘한 고기 떼들, 덤불콩, 밭머리의 펄쩍 뛰는 벌레들, 강머리의 미루나무 등 안화리 연작시에서 주로 언급되는 이러한 대상들은 설사 그것들이 현재의 생생한 풍경이라도 오늘날 농촌에서 심각하게 논의되는 주제들은 아니다. 여기에는 현실의 농민들이 등장하지 않을 뿐 아니라 농약에 의해 자연의 생태계가 파괴된 환경 문제가 제시되어 있지도 않다. 시인의 관심은 농촌의 한복판에서 농촌 현실의 사회적 문제를 논의하기보다 농촌을 대상으로 한 개인의 꿈과 서정적 세계 혹은 농촌에 대한 그리움을 환기시키는 데 있다. 이것은 시인이 오늘의 농촌 현실을 몰라서가 아니라 농촌에 대한 꿈과 그리움이 다른 현실적 관심보다 그만큼 앞서 있기 때문일 것이다. 이 연작시에서 필자에게 가장 이끌리는 작품은 「안화리 1」과 「안화리 7」이다.

> 둑방에는 아직도 버드나무가 있다
> 눈부신 머리를 풀고 수시로 허리를 꺾는 나무
> 그 옆에 서 있으면 춘향의 살냄새가 난다
> 어쩌다가 쇠줄에 묶여
> 가녀린 허리춤에 생살도 벗겨지지만
> 무던히도 싸놓은 생똥의 흔적에도
> 소들은 짐짓 태연한 표정이다
> 삶이란 다 저런 것인가
> 무심히 술렁이는 물살을 바라보면
> 금빛으로 내려앉은 황혼

소들의 울음이 푸른 저수지에 꽉 찬다

—「안화리 1」 전문

해거름 깔리는 저녁에

미루나무 목메어 강둑에 줄지어 선다

일에 지친 황소의 눈망울 별빛에 닿을 때

별빛도 반짝 위안을 준다

아직도 잠들지 않은 들풀들은

내 발목 붙잡으며 쉬어 가라 안달을 하고

그때마다 멍에에 매여 우는 속울음

텅 빈 마을 먼 산자락 힘없이 흔든다

삶이란 어차피 정해진 길이 있고

황소는 그 길 따라 밤낮으로 부지런히 걷는데

멍에에 묶인 자유 풀어질 기미 보이지 않는다

갈수록 더한 자갈밭 뚝심으로 갈고

주인의 회초리에 맞아 가슴속 깊이 멍이 들어도

미루나무 목메어 선 강둑을 걸을 때는 즐거워라

[······]

그렇게 해거름 깔리는 저녁에

뚜벅뚜벅 걷는 황소의 눈망울에

갖은 고난의 풍경들이 영상처럼 스쳐 지나간다

—「안화리 7」 부분

우연히 뽑아서 인용한 시들인데, 모두가 소를 대상
화한 작품들이어서 흥미롭다. 「안화리 1」에서는 주어가
무엇인지 모를 모호한 문장의 부분들이 간혹 눈에 거
슬리긴 하지만, 소들의 울음소리가 들리는 둑방의 풍경
은 한가롭고 아름답게 묘사되어 있다. 또한 「안화리 7」
에서의 화자는 감추어져 있고 시적 흐름의 주어는 황소
라는 점이 주목된다. 화자의 관점은 대체로 황소와 일
치해 있다. "삶이란 어차피 정해진 길이 있고/황소는 그
길 따라 밤낮으로 부지런히 걷는데/멍에에 묶인 자유
풀어질 기미 보이지 않는다/갈수록 더한 자갈밭 뚝심으
로 갈고/주인의 회초리에 맞아 가슴속 깊이 멍이 들어
도/미루나무 목메어 선 강둑을 걸을 때는 즐거워라"와
같은 구절은 화자와 황소의 시점이 일치하면서 황소의
고달프고 즐거운 시간과 우리들 삶의 시간이 뒤섞여져
구별되지 않는 공감의 인식으로 확대되어 있다. 이런
점에서 이 시는 황소를 주제로 삼은 시라기보다 황소를
통해서 인간의 삶을 돌아보면서 인간이 겪는 고난과 희
망의 역정을 전체적으로 성찰해볼 수 있게 한다. 시인
은 농촌의 풍경 속에서 황소의 존재를 중심적으로 끌어
들여 이러한 풍경이 비현실적이 아니라 현실적이며, 그
것이 인간에게 살아 있는 상징의 효과로 작용한다는 것
을 보여주려 한다. 그의 시적 서술의 대상이 농촌이건
동물이건, 자연의 한 부분이건, 이러한 서술의 태도는

거의 비슷하게 표명되어 있다.

② 유진택의 시에서 농촌의 현실보다 그 현실을 넘어선 추억과 서정이 중시되는 것처럼, 자연의 세계에 대한 많은 관심은 자연 환경의 파괴나 오염에 초점이 맞추어지기보다 자연과의 교감이나 내면적 대화 혹은 인간의 삶에 대한 상징적이고 교훈적인 의미에 기울어 있다. 시인의 이러한 자연관은 무엇보다 자연으로부터 고립된 인간의 삶이란 공허하고 무의미하다는 것을 일깨우기 위한 것처럼 보인다. 자연의 순리와 질서를 무시하고 자연을 이용과 파괴의 대상으로 삼아 눈앞의 이익만을 추구하게 된 인간의 욕망이 어떤 파멸과 불행을 초래하게 되었는지는 우리가 오늘날 겪는 온갖 공해의 피해에서 너무나도 잘 알 수 있게 된 사실이다. 자연에 대한 파괴와 약탈 행위는 결국 자원의 고갈은 물론 인간을 포함한 모든 생명의 공멸 현상으로 귀결될 수밖에 없다. 이제야 문제의 심각성을 알게 된 사람들은 환경 문제의 중요성을 소리 높여 강조하고 대책을 강구해야 한다고 하지만 아직 철저하게 문제를 의식하고 근본적인 성찰을 하지 못하기 때문에 우리에게 닥쳐오는 어두운 미래의 궤도를 수정하는 단계에까지는 이르지 못하고 있다. 논밭은 농약으로 황폐해지고 물은 계속 오염되어가며, 숲도 온갖 개발의 명분으로 벌목과 파괴가

도처에서 자행된다. 그러므로 벌목장의 현장을 목격하게 된 시인에게 그 장면은 인간의 이성이 살아 있지 않은 광기의 현장으로 보인다. 「벌목장, 그 광란의 숲속에서」라는 제목의 시가 주장하는 내용은 바로 그것이다.

> 아름드리 생나무의 밑동을 쏠어낸다
> 전기톱이 돌아갈 때 울리는 강렬한 떨림
> 나무는 아픔의 전율로 우수수 잎을 떨어낸다
> 무더기로 생살이 튄다
> 전기톱의 억센 이빨은
> 단번에 수십 그루의 나무들을 토막 내버린다
> ──「벌목장, 그 광란의 숲속에서」 부분

지금은 도끼나 톱으로 나무를 베는 시대가 아니다. 나무를 빨리 베지 않으면 시간을 줄일 수 없다는 인간의 조급함으로 전기톱이 개발된 후 다량의 나무들의 생살은 이처럼 기계음 속에서 무참히 절단된다. 시인은 죽어가는 나무들의 아픔이 바로 자신의 아픔인 것처럼 고통스러운 공감을 나타낸다. 물론 자연의 부분들에 대해서 갖는 시인의 공감이 어디 고통뿐일 것인가. 시인의 눈빛과 마음은 자연의 미세한 움직임에 동참하는 사람만이 발견할 수 있는 경이로움의 체험으로 기울어지기도 하고, 한 그루의 나무와 한 뿌리의 풀의 마음을 이해하는 경건한 마음가짐으로 표현되기도 한다. 자연에 대한 이해가 어떤 지식이나 과학적 사고로 온전히 이루어질 수 없다는 것을 아는 시인은 무심한 마음으로 생명체인 자연의 존재와 흐름에 동참하며 깨닫는 겸허함을 보인다. 자연으로부터 삶의 의미와 교훈을 이끌어내고, 현실의 공허와 절망을 회복하는 힘을 발견하면서 자아의 상실 혹은 자아의 불균형이나 욕망의 허구성을 반성하게 되는 일은 그러므로 자연스럽다. 두 편의 작품을 통해서 이러한 예를 검토해보자.

낙엽을 보며 문득 살아남는 법을 배운다
앙상한 가지 끝에서 몸부림치다 어차피 떨어져야 할
운명임을 안다
낙엽이 온몸 붉게 물드는 것은
세상을 하직하기 위한 이별의 노래를 부르기 위함이요
다음을 위해 살아남는 법을 배우기 위함이다
그래서 낙엽을 보며 슬픔에 젖지 않는다
낙엽은 낙엽대로 더 깊은 노래를 마음속에 새겼기에
온 산속을 저리 가볍게 뒹굴고 있는 것이다
마저 붙은 잎이 다 떨어질 때까지
나무는 부동자세로 서 있고
이 해가 다 가기 전에 오직
살아남는 법을 배운다

　화자는 낙엽을 바라보며 삶의 허무나 슬픔·쓸쓸함을
생각하지 않는다. 얼마나 많은 시인들이 가을의 낙엽과
삶의 조락 혹은 이별의 아픔을 노래했던가. 이런 점에
서 "낙엽을 보며 문득 살아남는 법을 배운다"는 첫 구
절의 표현은 아주 신선하고 새롭게 보인다. 물론 "낙엽
이 온몸 붉게 물드는 것"은 "이별의 노래를 부르기" 위
한 것이라는 투의 시적 서술은 낙엽에 대한 우리의 일
반적 정서나 인식과 크게 다를 바가 없는 것이겠지만,
"다음을 위해 살아남는 법을 배우기 위함"이라는 진술
은 예상의 범위를 넘어서는 것이다. 부제로 덧붙여 있
는 "살아남는 법" 외에도 본문에서 "살아남는 법"은 세
번(1행, 5행, 12행)이나 반복되어 씌어지는데, 그것의 문
맥과 의미가 각각 다르다는 점이 주목된다. 첫번째 "살
아남는 법"을 배우는 사람은 화자이다. 그런데 두번째
와 세번째의 "살아남는 법"을 배우는 주체는 낙엽인 것
이다. 이것은 낙엽을 바라보는 화자의 인식이 어느새
의인화된 낙엽의 인식으로 교묘하게 전환되면서, 화자
와 낙엽이 빈틈없는 일체성을 보여준 예이다. 낙엽은
때가 되어 나무에서 떨어지는 것이지만, 그 낙엽의 떨
어짐은 한 순간의 덧없는 소멸이 아니라 자연의 영속과
순환의 리듬 속에 참여하는 것이자 지혜롭고 여유 있게

자연의 순리를 따르는 것이기도 하다. 이것은 삶에 대한 패배적 태도가 아닌, 삶을 적극적으로 이해하고 명상의 체험을 깊게 한 인간이 터득할 수 있는 지혜의 인식일 것이다. 이것과 비슷하게 두번째로 인용해볼 수 있는 시는 다음과 같다.

늙어 죽어도 너는 원이 없겠다
누군가가 베어간 자리, 그 자리마다 죽순이 한창이다
아비의 뜻을 따라
새끼가 그 삶을 잇는 나무
대나무의 줏대 있는 삶이 더욱 창창하다
그렇지만 밤이면 달빛에 취해 흐느끼는 나무
간혹 대피리를 불기도 하고
긴 손가락 잎새를 흔들어 문풍지 소리를 내기도 한다
〔……〕
거친 비바람과 죽음의 눈발을 무릅쓰고
죽창처럼 하늘을 찌르던 기상
죽순도 너를 많이도 닮아간다
꺾이지 않는 허리폭
띄엄띄엄 돌려감은 뼈마디 사이
딱 부러지는 절개로 움트는 맛을 안다
　　　　　　　　　　　　　　　——「대밭에서」 부분

대나무를 바라보며 시인은 대나무가 상징하는 "굿대 있는 삶"이나 '절개의 표상'만을 반복하지 않는다. 시의 남다른 점은 대나무의 베어낸 자리에도 어린 죽순이 끈질긴 생명력으로 움트고 자라 앞서 죽은 줄기를 닮은 모습으로 계승한다는 식물적 영속성의 신비로움과 "밤이면 달빛에 취해 흐느끼는" 대나무의 울음소리를 표현한 데 있다. 이러한 표현을 하게 된 시인의 자아는 개체성으로 좁혀져 있는 자아가 아니라 이 세계에 존재하는 모든 생명체들과 대화하고 교감할 수 있는 차원으로 확대된 자아이다. 시인의 이러한 자아 확대는, 자연과 대화할 뿐 아니라 자연과 함께 살고 더 나아가 자연과 인간이 원래 한몸이라고 인식할 수 있는 사람으로서 지닐 수 있는 체험이다.

　산길 오르는 사람들은 안개 같은 마음을 나무에 던져
주고 있다
　나무는 복에 겨워 흔들거리고
　그 아래 그늘에서
　윙크하는 꽃들의 얼굴이 계집아이처럼 붉다
　수줍어 얼굴 가리고 싶어 하는 꽃들
　마음이 통한 산새들이 작은 날갯죽지로
　꽃들의 얼굴을 가린다
　　　　　　　　　　　　　　　──「꽃들도 윙크한다」 부분

여기서 '사람'과 '나무'와 '꽃'과 '산새'들은 구별되고 대립되는 존재들의 관계가 아니라 조화로운 세계에서 공존하고, 대화하며, 소통하는 관계로 맺어진다. 그러므로 나무와 꽃과 산새 들은 인간이나 다름없는 표정을 짓고 몸짓을 하기도 하며, 그 앞에서 사람들은 "안개 같은 마음을" 나무에 보내기도 한다. 중요한 것은 이러한 세계가 터무니없는 비현실적 세계가 아니라 우리의 마음가짐에 따라 그것을 찾는 일이 얼마든지 가능하고 가깝게 느껴질 수 있는 세계라는 점이다.

　유진택의 시는 현실의 고통이나 사회적 문제를 외면하고 깊은 산이나 자연, 혹은 농민이 없는 농촌의 풍경으로 한가롭게 독자를 유도하는 시가 아니다. 그것은 오염되고 훼손된 자연과 농촌의 한복판에서 그 자연과 농촌의 젖줄을 잃어버려 파멸해가는 인간의 정수리를 날카롭게 겨냥해 씌어진 시이다. 시인은 그러므로 자연과 인간이 하나가 된 삶을 추구함으로써 모든 생명체와 자연환경이 공생하는 유기체라는 관점을 다양하게 서정적 언어로 보여주고 있다. 바로 이러한 공생적 세계관에서 그가 꿈꾸고 그리워하는 삶이 우리가 돌아가기 어렵고, 도달하기 힘든 과거의 삶일지라도 그것이 오늘의 현실을 반성하고 비판하는 기능을 한다면, 그것의 가치는 보다 적극적으로 해석되어야 한다. 이런 점에서 그의 시는 자연으로부터 고립된 인간의 삶이 공허하고, 자연 파괴적 문명의 현란함 속에서 인간은 병들어가고 있을 뿐임을 은유적으로 말하고 진정한 삶을 역설하는 환경 운동적 차원의 시로 해석할 수 있을 것이다. ▨